N'01

幻冬舎

もくじ

装画　さくらももこ
装丁　祖父江慎＋コズフィッシュ

ももこの21世紀日記

秋

今年《ことし》の夏は、6月に福島に行ってそのあとまた8月にみんなで福島に行った。そして、川で泳いだりスイカを食べたりバーベキューをしたりして楽しかったが、すごく日に焼けた。こんなに日に焼けたのは20年ぶりぐらいだ。福島で日焼けするっていうのも、けっこうシブい感じだ。

グァムに行った時も日焼けに気をつけていたのに まさか福島でこんなになるとはね…
まァ いいや楽しかったし…
2000.10.6

2000.10.6

このまえ息子《むすこ》と熱海《あたみ》に行った。温泉に入りゲームコーナーでゲームをやり、『電車でGO！』もやり、御飯を食べてTVをみて寝た。わざわざ熱海まで来なくても、家でフロに入って『電車でGO！』をやって夕飯食べてTVみて寝ても同じじゃないかという気がしたが、息子は大喜びだったので、まあ良かったと思う。

2000.10.11

このまえ中国の広州《こうしゅう》に行った。いろんな食材《しょくざい》や漢方薬《かんぽうやく》の材料があった。ヘビやカエルやサソリ、カメやトカゲもいたよ。一般家庭でも、そういうのを料理して食べるみたいなので、中国の主婦ってすごいよなーと思う。

ちなみに私は、大きなミミズが大量に入っているバケツを見ただけで、ひっくり返りそうになりました。ミミズは、油いためにしたりして食べるそうです。

2000.10.16

毎日ドラクエをやっている。今のところ、攻略本《こうりゃくぼん》をみたり人にきいたりしないでやっているけど、途中でわかんなくなると夜中でも友人に電話しようかと思うことがたびたびある。今回のドラクエはむずかしいしやることがいっぱいあるね。現実の世界でも、やることがいっぱいあるのに、ドラクエの世界のことにこんなに時間をかけるのも、ちょっとどうかと思いつつ、当分寝不足だろうな。

あー…コレ
わかんないや。
さいとうさんに
電話してみよう
かなァ…
…あ
ダメだ
もう4時半じゃん。
あきらめよう。
2000.10.24

2000.10.24

息子が今、けん玉にこっている。「オレのやるところを見ててくれ」と一日に何回も見せられ、しかも成功するまで見ていないといけないので大変だ。ちなみに息子のけん玉の成功率は約3割。10回中7回は失敗するわけなので、成功するところを見るまでに時間がかかるのだが、一応仕方なく見ている。あまりにも失敗が続き、見物時間がかかりすぎる時は「ハイ、もっとうまくなってから、また見せてね」と言って中止させるが、そういう時は「ちきしょう」と叫んで息子は荒れる。

失敗しないようになったらみせて
そんなつめたいこと言うなよっいいか、今すぐもう一回やるぞ。
↑と言われてついついあと10回は見るはめに……
2000.10.28

2000.10.28

このまえ、ドラクエをやり始めたが、途中でわからなくなった。わからなくなった原因がわかればまだどうにかなるのだが、どこがいけなかったのかさっぱりわからなくなり、全《まった》く話がすすまなくなった。どっかで石版を探し損《そこ》ねているのだと思うが、心あたりは一応全部あたったし、思いあたることはやるだけやったつもりだ。なので、これ以上やるのをやめた。私にはもう、あの世界に費《つい》やす時間は当分ない……。

2000.11.1

取材でホンコンに行ってきた。ホンコンでは今、豆腐《とうふ》のやわらかいやつに甘い汁をかけて食べるようなデザートが流行《はや》っているらしく、それを注文したらミニバケツぐらいの大きさの容器にたっぷり豆腐が入ったのがテーブルに届いた。ちょっとビックリしたけど、みんなで手分けして2〜3杯ずつ茶わんに入れて食べたら全部無《な》くなった。けっこうおいしかったんだ、アレ。

ピータンが
入ってる
お粥と、ラーメンと
チャーハンと
エッグタルトと
タピオカと
アンニン豆腐も
食べたいねっ
同意する
仲間たちの
声
うん
うん
メニュー
2000.11.13

2000.11.13

私は息子にちょくちょく「大好きだよ」と言ってかわいがっているのだが、先日、いつものように「大好き」と言ったら息子は急に深刻《しんこく》なカオになり「……わるいけど、おかあさんとは結婚できないからさ」と言った。一応私も「そりゃ、わかってるよ」という返事をしたら息子は「ならいいけど」と言ってホッとしたようだった。

2000.11.20

旅先でもジュースが飲みたいと思い、小型の携帯《けいたい》用っぽいミキサーを買ってみた。早速《さっそく》旅行に持ってゆき、使ってみたら馬力《ばりき》が弱くて、全然ダメな状態のジュースができた。とりあえず飲んでみたがやっぱりマズかった。たぶん、もう使うこともないだろうと思い、荷物を減らすために旅先のホテルに置いてきた。よく考えてみれば、プラスチック製で乾電池で動くミキサーだったので、あれじゃ子供のオモチャだよなァ……と、今になって思う。

2000.11.24

このまえ仕事でニューアークに行った。アメリカのニューアークは、ニューヨークに近い。だからほとんどニューヨークと同じぐらい遠い。飛行機に、13時間から14時間も乗らなくてはならない。私は飛行機が本当に嫌いだ。タバコも吸えないし何もすることがないし疲れる。トイレに入ってもやるせない気持ちになり、オナラばっかりよく出る。仕方ないので無理やり眠っていたのだが、急にアイスクリームが食べたくなり、スチュワーデスのお姉さんに「アイスクリーム下さい」と頼んだら、「もう溶けちゃいました」と言って、ドロドロのアイスクリームを渡された。

……こんなことならおとなしく眠ってりゃよかったと思ったよ。

2000.11.29

2000.11.29

冬

私が行ったニューアークはニューヨークに名前がにているうえにニューヨークに近いというややこしい所だったため、うちの親は、私が行って帰ってきてもまだ、ニューヨークに行って来たのだと思い込んでいた。私としても、ヨークでもアークでもどっちでもいいと思ったので、親にはニューヨークに行って来たのだとそのまま言い通した。

2000.12.5

長嶋監督とビートたけしさんの対談を、見学させてもらった。ほとんど野球の話ばっかりだったけど、すごく面白《おもしろ》かった。私は対談のあとで、監督とたけしさんと一緒に記念写真を撮《と》ってもらい、監督のサインボールももらった。たけしさんも、監督のサインボールをもらってたよ。

へー ミスターと たけしと ももこの 写真て めずらしいね。 共通点は 笑い?
私と たけしさんは いいけど ミスターまで 笑いでまとめるのは…
友人
2000.12.12

2000.12.12

息子に、すごろくを作ってあげた。そしたら「一緒にやろう」と毎日言われ、一応つきあってやっているが、あんまり楽しいとは思わない。こんなことなら、もっと楽しいすごろくを作れば良かったと思う。そのうえ、必ず私が負けるのでますます面白くない。

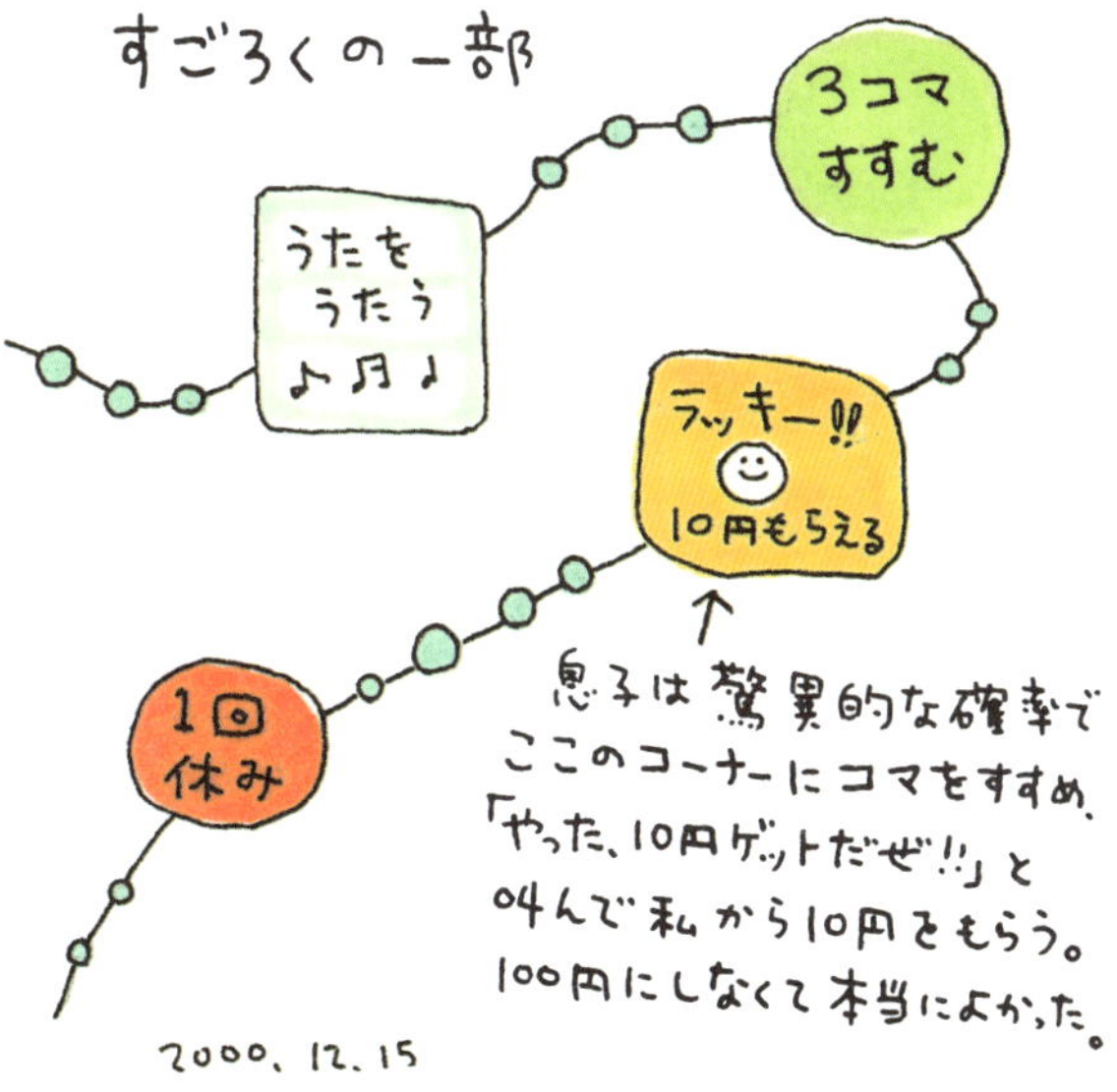
すごろくの一部
3コマ すすむ
うたを うたう
♪♫♪
ラッキー!!
10円もらえる
1回休み
息子は驚異的な確率で
ここのコーナーにコマをすすめ、
「やった、10円ゲットだぜ!!」と
叫んで私から10円をもらう。
100円にしなくて本当によかった。
2000、12、15

2000.12.15

息子がカゼをひいて高い熱を出した。そのカゼが私にうつり、私も熱が出たが、36度8分だった。36度8分というと一見平熱のように思えるが、私は平熱が35度台なので36度8分もあると少し熱っぽいといえるのだ。それで一応カゼ薬を飲み、早く寝たら一晩で治った。しかし、息子のカゼは長びき、母までカゼをひいたため、私がカゼをひいたという事実は家族の誰《だれ》からも注目《ちゅうもく》も同情《どうじょう》もされず、土・日だったために友人や仕事仲間から心配されるということもなかった。

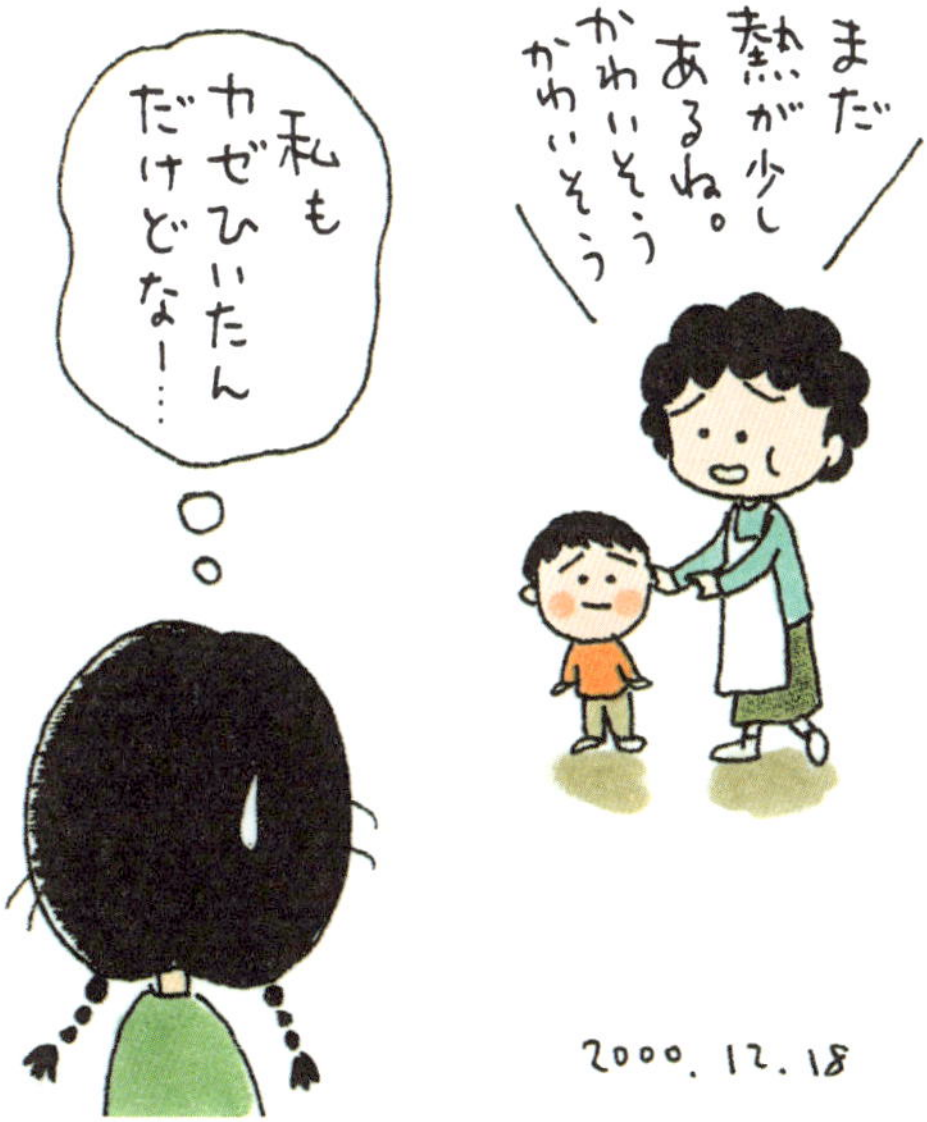
まだ熱が少しあるね。かわいそうかわいそう
私もカゼひいたんだけどなー…
2000.12.18

2000.12.18

去年買ったマフラーがなくなった。私は、わりと毎年マフラーを1本ずつ買っていたのだが、珍しく今年は買わずに去年買ったやつで済まそうとしていたのに、そういう時に限ってなくなっている。また今年も新しいのを買おうか……とも思うのだが、買ったとたんに去年買ったやつが見つかったりしそうで、買うのを思いとどまっている。だからって、おととし買ったやつじゃする気がしないし、このままでいくと首が寒いまま21世紀を迎えることになりそうだ。それも情《なさ》けないなァとは思うんだけどね……。

2000.12.25

なくなったマフラーがでてきた。新しいのを買おうかと思っていた矢先《やさき》だったので、ギリギリでまにあって発見できて本当によかった。今まで寒かった首が、あたたかくなったよ。つくづくマフラーのありがたみを感じたね。首が寒くないことって、人間の活動にとって重要だよねぇ。

2000.12.28

21世紀

あけまして、おめでとうございます。とうとう21世紀になりましたね。21世紀になったからといって、そのとたんに人生がバラ色になるような人は年末ジャンボ宝くじが当たった人などの特殊《とくしゅ》なケースしか考えられませんが、でも、この新世紀がとても明るく良い時代になりますようにと私は元旦《がんたん》から祈ってます。とりあえず、この冬のインフルエンザが流行らないことも祈ってます。そして、みなさんにも楽しいことがいっぱいありますようにということも強く祈ってますよ‼　私は今年も、面白いことを地道に考えたり書いたり、たまに取材に出かけたりというあいかわらずの生活を送る予定ですが、みなさん、どうぞよろしくお願いします。モチを食べすぎたり酒を飲みすぎたり、やたら眠りすぎたりという、無意味な正月を送らないように気をつけて下さいね。

あけまして おめでとう
ございます。

2001.1.1

2001.1.1

今年の正月は、無事に家族みんなで手巻きずしを食べた。あとはゲームをしたり、仕事をしたりしていつもと同じに過ごした。年末年始に体重が増えるとイヤだと思い、気をつけて過ごしていたため、ぜんぜん増えずに済んだ。一方、母は気をつけていなかったせいで、太ったようだ。ヒロシも。やはり、気をつけて生きるということは、たとえ正月でも大切なのだ。みなさんも、食べすぎ飲みすぎはもちろん、カゼの季節にいよいよ突入しますから、充分気をつけて下さい。どうやって気をつけりゃいいかといえば、まめに手を洗い、うがいをし、さっさと寝るんですよ。

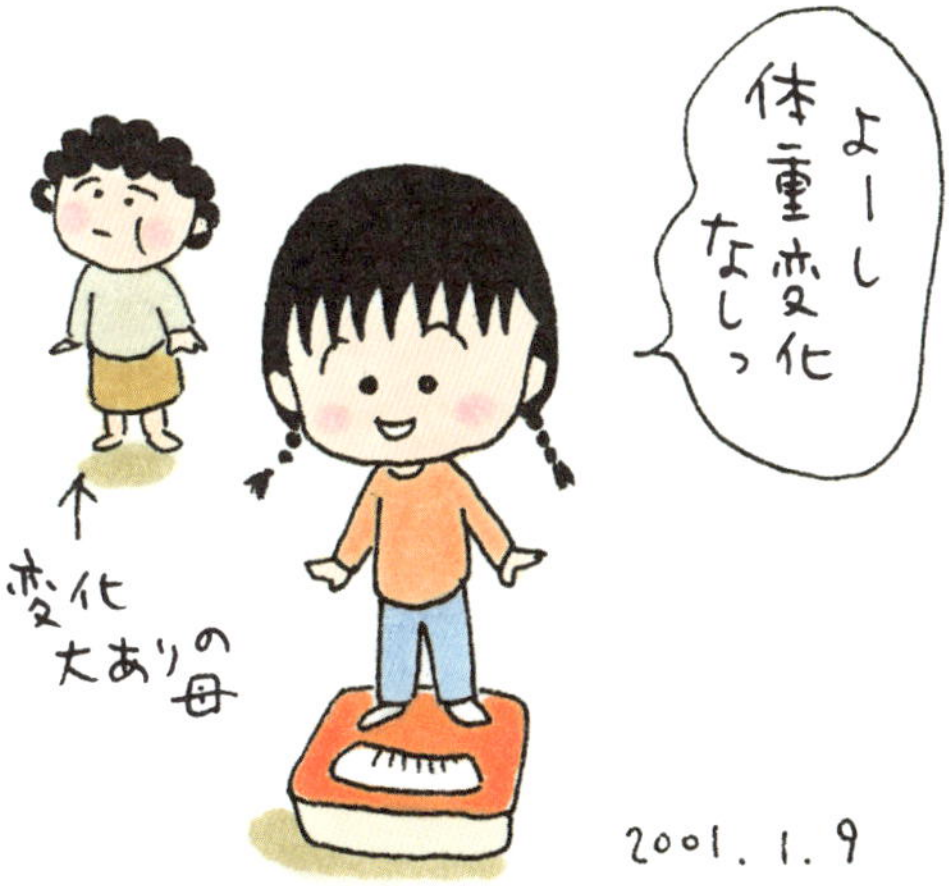
よーし
体重変化
なしっ
変化
大ありの母
2001.1.9

2001.1.9

毎日フロに入ってセッケンでごしごし体を洗うと、体の脂《あぶら》が流されすぎてヒフに良くないというような情報を、ヒロシがTVかラジオできいたらしく、「オレはよう、フロに入った時、いつも体をろくに洗ってねぇから、今までそうしてきたことがまちがってなかったぞ」と言って得意になっていた。時代がとうとうオレに追いついたと言わんばかりだ。フロに入ってもろくに体を洗わないのが正しいなんて、そんな時代にならなら取り残されてもいいとあたしゃ思うけど。

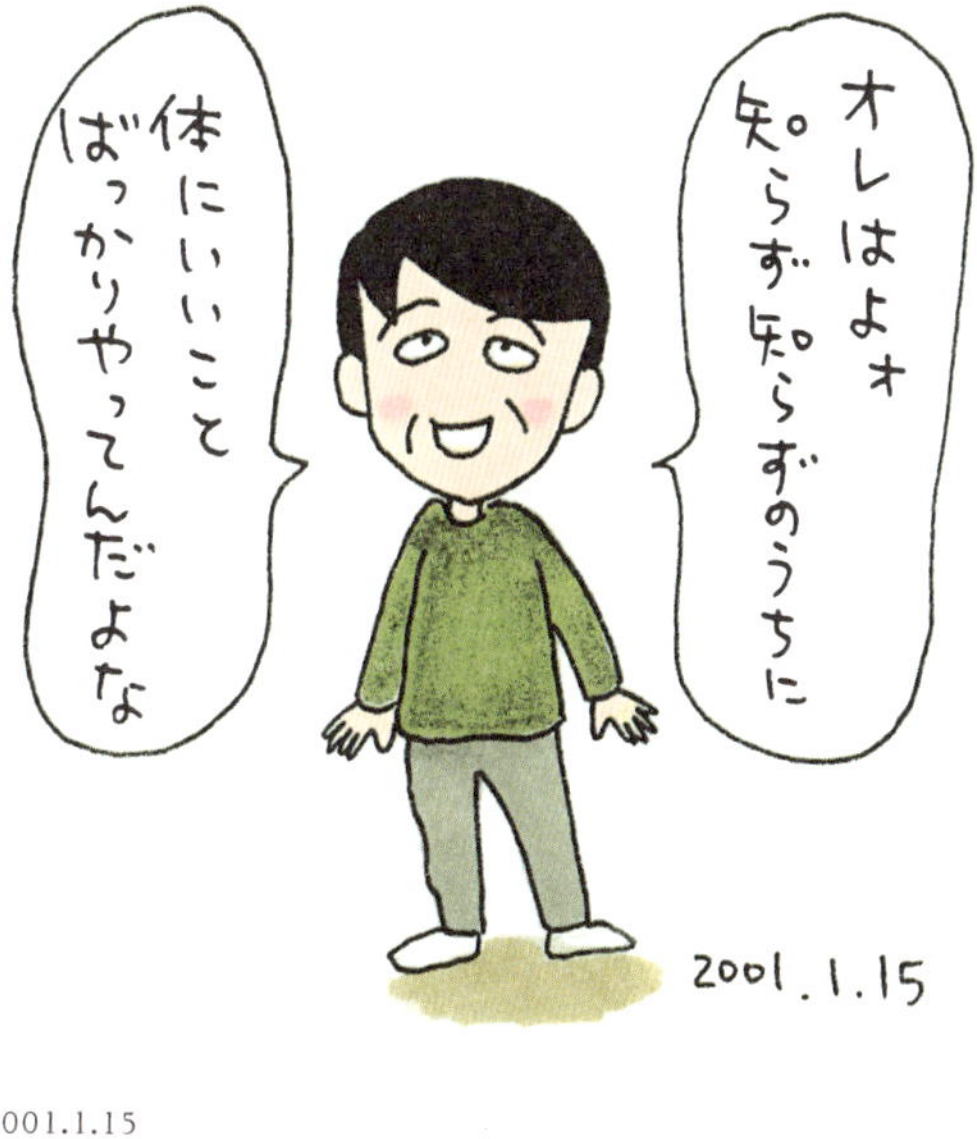
オレはよォ
知らず知らずのうちに
体にいいこと
ばっかりやってんだよな
2001.1.15

2001.1.15

『りぼん』の後輩の漫画家の小花美穂さんがうちに遊びにきた。小花さんは10年ぐらい前、私のアシスタントをしてくれていたのだ。

美人で性格も腕も良く、素直な人で、彼女がアシスタントに来てくれていた2年間、とても楽しくいい仕事ができた。

小花さんが『りぼん』の売れっ子になり、立派な漫画家になったことをうれしく思っていた。うちに手伝《てつだ》いに来てもらえなくなったことは寂《さび》しかったが、それよりも彼女の作品がみんなに喜んでもらえていることが何よりだと思っていた。

そんな小花さんと、8年ぶりの再会だったので、待ち合わせ場所で会った時にはお互いに手をとり合ってちょっと泣いてしまった。その日は、明け方までいっぱいいろんな話をしたよ。

2001.1.18

よくまちがえる人として有名な和田さんがワダダスの新刊本を送ってきてくれた。和田さんのサイン入りだった。うれしい。ワダダスの中には、あいかわらずの和田さんのまちがえぶりがいっぱい書かれており、大笑いだ。これからもずっと、和田さんにまちがいをし続けて欲しいと思った。そして、この本を編集して作っている上條《かみじょう》さんの苦労と努力は、何の苦労もせずにネタを提供している和田さんよりずっと尊《とうと》いことだということも改めて考えずにはいられなかった。上條さんは、和田さんの同僚《どうりょう》で、いつも和田さんのまちがいを地道《じみち》に記録しているのだ。和田さんも上條さんも、どっちもガンバレ!!

2001.1.23

非常に良く効《き》くという薬湯《やくとう》の素《もと》を試供品でもらったので、さっそく入れて風呂《ふろ》に入った。湯はにごった黄色になり、ものすごく薬草の匂《にお》いがし、体中が少しピリピリして、目や鼻までジンジンしみた。なんか知らないけど、良く効いたかんじだ。体がすごくあたたまった。別に体調がどこも悪くなかったのに、ただ何となくコレを使ってしまってもったいなかったな……と思った。

2001.1.29

ミルコと『爆笑の会の徒労《とろう》』というテーマで、いろんな徒労をすることになった。それで今度、たった一泊でホンコンに行く。わざわざホンコンまで行っても、活動できる時間が非常に短いため、行く前から「一体何をしに行くんだろう……」という徒労感が早くもただよっているという状況だ。

2001.2.1

息子の保育園で、劇の発表会があるというのでみんなで見に行った。息子はどんな役だろうと思っていたら〝午後3時〟の役だった。人間でも動物でもなく、太陽や風などの自然現象《しぜんげんしょう》でもない〝午後3時〟という役は、彼にとって珍しい思い出になるだろう。そして私も、息子が〝午後3時〟という役をやったことを、けっこう爆笑な思い出として大切にしたいと思った。

2001.2.5

このまえ、非常に効く感じがしたという、薬湯入浴剤のことを書いたが、あの時はたまたま見本で1パックもらっただけだったのでもっと欲しくなり、とうとう注文してまとめて買った。それで毎日薬湯に入れることになった。その薬湯に更にオリーブオイルも少量入れて自己流に工夫《くふう》して入浴している。薬湯の色は、なんか変な茶色だし、オリーブオイルのせいでぬるぬるするし、家の中が薬草の匂いになるし、こんなことしないほうがいいんじゃないかという気もするが、こういうことをひとつひとつ試しながら健康の研究はしてゆくものなのだ。毎日が実験だ。どうかと思うような時も、効果の有無《うむ》を確認できるまで（だいたい3カ月間ぐらい）は途中でやめられない。というわけで、少なくともあと3カ月間はこのような風呂に私は入り続ける。

2001.2.9

斎藤さんと、真剣な話をしていて、とりあえずその話が終了した直後、私はうっかりオナラをしてしまった。しかもけっこう大きな音でだ。そのため、それまでしていた真剣な話の内容は、もうどうでもいいやということになった。真剣に思えた話も、所詮《しょせん》オナラ一発でどうでもよくなる程度の話だったのだ。

2001.2.19

私は、わりとミカンを食べるほうだ。ジュースにして飲むこともよくあるし、夏でもハウスミカンを買ってきて食べている。ポンカンや、アンコールという名前のミカンも好きでちょくちょく食べている。今まで、ミカンのことをそれほど考えてなかったが、もしかしたら大好物の中に入るかもしれない。色も形も大きさもカワイイし、むいたらすぐ食べられるし、ビタミンもきっといっぱいあるだろうし、静岡県の名物のひとつだし、私は今後ミカンのことをもっと真剣に考えることにするよ。

2001.2.22

母が、肩こりで頭が痛いと言うので、1カ月ぐらい前から週に2回、私は母にオイルマッサージをしてあげることにした。使用するオイルはオリーブオイルで、近所のスーパーで買ってきたやつだ。それを母の肩や首や背中にくっつけて、ていねいにコリをほぐしてゆく。自分で言うのもアレだけど、私ってこういうの、ホントにうまいよなーと思う。母も「ももこは本当にうまいね。このことだけは、あたしゃ感心《かんしん》するよ」と言っている。めったに感心されない私が、こんなに感心されているのに、どのくらいうまいのか自分で自分をマッサージできないのが残念だ。ちなみにヒロシはマッサージがものすごく下手《へた》で、一回も感心されたことがないばかりか、「やってもらわないほうがまだまし」とまで言われている。

オレはマッサージみてえなもんはうまくねえな。
ももこがやってやれ。
下手といわれて好都合なヒロシ。
2001.2.26

2001.2.26

春

今年はぜんぜんカゼをひかないと思っていたら、急にひいた。のどがすごく痛くなり、熱も37度2分でた。「これは日頃《ひごろ》の健康研究のいろいろな実験をしてみるのにちょうどいい機会だ‼」と私はちょっと喜び、ありとあらゆる手段を試してみた。薬湯、オイル、ビタミン、ミネラル類、温泉水の飲用など、とてもカゼをひいているとは思えない活発な活動をした。その結果、カゼの症状が快方に向かうのはカゼ薬を飲んだあと、何もしないですぐに寝るのが一番だということがわかった。カゼをひいている時は活発な活動をせず、ゆっくり休めば良いということがわかっただけでも、いろいろやったかいがあったよ。

2001.3.1

うちの息子は、いっこく堂さんの娘のゆめみちゃんが大好きで、いつも「オレはゆめみちゃんとけっこんするんだ」と言っていた。

で、先日いっこく堂さんが奥様とゆめみちゃんの三人でうちに遊びにきてくれて、息子は大喜びし、ゆめみちゃんとずっと遊んでいたのだが、ゆめみちゃんが「わたしはけっこんは、ちがう人とする」と言い出し、息子はフラれてしまった。そしたら息子は「……いいもん。それならオレ、もう親孝行でもするから……」と言ってわんわん泣いた。気の毒だが、せいぜい親孝行しとくれよ。

泣く息子。

かわいかった。

2001. 3.7

2001.3.7

今、部屋を片づけているのだが、なんでこんなに物が増えているのか自分でもあまり説明がつかないかんじだ。いらない物は捨てようと思ったのだが、捨てる物はあまりなかった。わりと必要な物ばかりだったりする。仕方ないので箱の中にいろいろしまっておくことにしたが、ちょくちょく使う物だと箱の中にしまっとくのもまた面倒だ。収納に関しては、もっともっと工夫を考えなくてはならない。面倒だしイヤだけど、散らかっているのはもっとイヤだから、しょうがないけどやるよ。

2001.3.13

最近うちでは、発芽玄米《はつがげんまい》を白米《はくまい》に混ぜて御飯をたいて食べている。もちろん、私がすすめたのだ。白米に発芽玄米を3分の1ぐらい混ぜてたくことにより、ビタミンやミネラルなどが断然《だんぜん》増えて栄養バランスが良くなるのだ。だから「そうしなよ」と私が言ったのだが、最初母は「やだね。玄米なんて戦争中に食べてたんだから、今さら食べたくないよ」とこれを拒否《きょひ》した。しかし、私は「私がすすめているのは単なる玄米じゃなくて発芽玄米だよ。これは白米に混ぜてたくだけでやたらと栄養が良くなるしおいしいんだからガタガタ言わずにやってみてよ」とがんばり、一方的に注文して届けられた発芽玄米を母にわたした。それで母はしぶしぶ発芽玄米を入れて御飯をたくことにしたのだが、これがホントに意外とおいしかったため母もちょっと喜び「もっと注文しといて」とまで言い出した。

　このように、私自身は健康に積極的に取り組んでいるが、家族に健康のことを考えさせるのは本当に大変なことだ。みんなにプロポリスを飲ませたり、温泉水を飲ませたり、風呂の中に勝手に薬草を入れたり、だましだましいろいろやらせてはいるが、ヒロシなんかは私が世話をやかなかったら何ひとつ健康のことを考えやしないで生きているだろう。正直言って、「めんどくせぇんだよ、おまえらそれぞれしっかりしろっ」と怒りたくなる時もあるが、家族にしてみりゃ「おまえこそ、めんどくせぇことばっかり言うな。ケンコーケンコーってうるせぇんだよ」という気持ちをおさえて私につきあっているところもあるだろうね。

2001.3.15

ｎｏｎ・ｎｏの『宝石物語』の取材で、一週間ばかりインドに行ってきた。たった一週間なのに毎日いろんなことがあり、密度の濃《こ》い旅行だったといえる。珍しい体験もあったし楽しかったが、私は辛《から》い物が苦手なのでカレー他、インド料理にはけっこう泣かされた。一緒に行ったうちのスタッフの井下さんとｎｏｎ・ｎｏの花輪さんも泣いていた。詳しいレポートは、いずれｎｏｎ・ｎｏ誌上でお伝えしますのでお楽しみに。

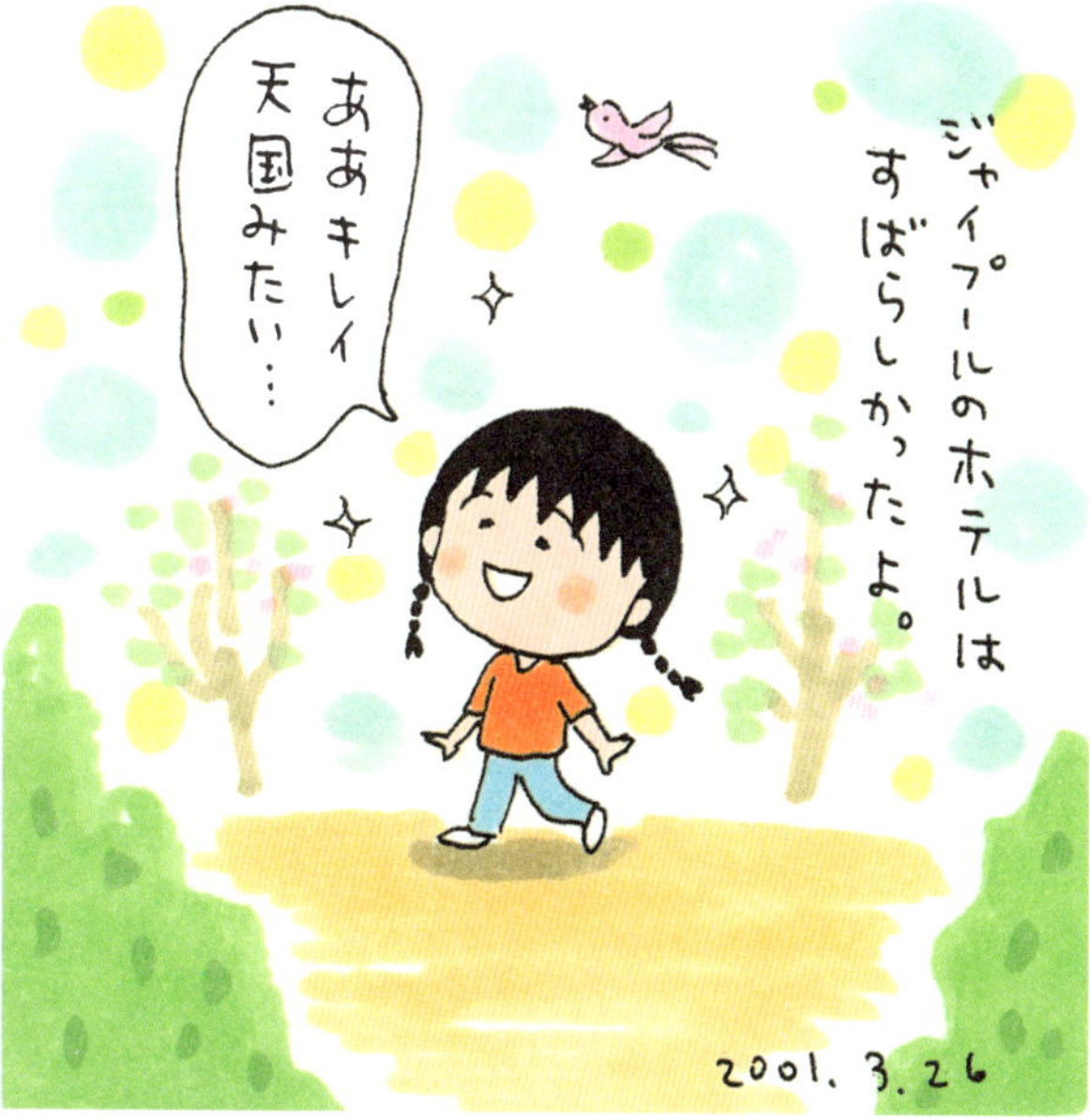
ジャイプールのホテルはすばらしかったよ。
ああキレイ天国みたい…
2001. 3. 26
2001.3.26

息子の入学式に行った。一年生が入場してくる場面から、いきなり胸がいっぱいになり涙がでそうになった。卒業式で泣くならともかく、入学式で親が泣くとは思わず油断《ゆだん》してハンカチを持ってこなかったのでとりあえずグッとこらえた。が、終盤《しゅうばん》の『二年生が一年生におくる言葉』という場面で、子供達のあまりにも純粋でかわいらしい姿に感動し、とうとう涙がでてしまった。ふと見ると、他の親も涙をふいており、それを見たらつられてますます泣けた。息子の中学校の入学式の時こそ、ハンカチを忘れないで持っていこうと思った。

2001.4.9

近所の洋服屋でかわいい春物のコートを見かけたので、次の日さっそく買いに行ったらもう売り切れていた。がっかりした。あの春物のコートさえあれば、コートの下にどんなにいい加減な服を着ていても外出できるから便利だと思っていたのに、売り切れだときいてますますアレが欲しくてしょうがない。

2001.4.12

緊急《きんきゅう》お知らせです‼　私と山口ミルコのやっている〝爆笑の会〟は、次の仕事で全国をちょくちょく旅して回ることになりました。
　そこで、ｉモードをみているみなさんの中で、自分ちの玄関の前とかに小さくでもいいですから『爆笑の会歓迎《かんげい》』と書いておいて下されば、もしも私達がそれを見つけた場合には「こんにちは！」と言ってあいさつをいたします。そして、記念に爆笑のバッヂと私のサイン入り複製原画をプレゼントしてすみやかに立ち去りますので、よろしくお願いします。ずっと待ってて下さっても来ない確率も非常に高いのですが、一応やりたい人はやってみて下さい。また、私達のニセモノが来たりする場合もあるかもしれませんので、それには充分注意して下さいね。軽はずみに玄関を開けないようにして下さい。ニセモノとまちがえないために私達の特徴を言っときます。私達はふたりともけっこうスリムでどちらも身長159センチぐらい、そのうえとても礼儀正しく、私は自分自身の証明のために、ジャイアンツの長嶋監督と父ヒロシと三人で撮った写真を持っていますので、それを見たうえで玄関を開けて歓迎して下さいね。

4月は、まず山梨《やまなし》県大月《おおつき》市あたりに行きます。いろんな県に行こうかと思ってますので、皆さんの町でおすすめの場所があったらどしどし教えて下さい。

2001.4.16

このまえホンコンに行った時、ビーズバッグのかわいいのがとても安かったので、5個買ってきた。5個中、ひとつは友達にあげ、もうひとつは自分で使うことにし、あとの3個は母にあげた。すると母は非常に喜び「こんなにいいバッグがそんなに安いなんて信じられない。あんた、ホンコンに行ってよかったね。今度行く時はこういうの20個ぐらい買ってきなよ」と言った。その数日後、何を勘《かん》違《ちが》いしたか母は、あのビーズバッグをペニンシュラホテルで私が買ってきたのだと思っていたらしく、隣に住んでいる奥さんに「娘がホンコンのペニンシュラホテルで、このバッグを買ってきたのでひとつどうぞ」と言ってあげたという話をきき、私はビックリした。

私がペニンシュラホテルで買ってきた物はXO醬《ジャン》だけだ。しかも、そのXO醬《ジャン》はあのビーズバッグより高かった。XO醬《ジャン》が高いとも言えるし、XO醬《ジャン》に負けるほど安いビーズバッグもどうかと思うが、それにしても、それほど安いビーズバッグをペニンシュラホテルで売っていると思っている母が一番どうかしている。

しかし、母からバッグをもらった隣の奥さんは、「大変な物をいただいてしまい、どうもすみません。うれしいわ」と言って大喜びしているというので、今さら「そのバッグはペニンシュラホテルで買ったのではなく、ペニンシュラホテルの近くの安物の店で買った安物です」とは非常に言いにくいかんじだ。

今さら
ペニンシュラホテルで
買ったんじゃなかったです
なんて言うのもねえ…
…うん
カッコわるいけど
やっぱ一応
言ったらて、
2001.
4.23

2001.4.23

はまじから、突然うちの事務所に手紙がきた。内容は、『僕、はまじ』という本を自費出版したいので、私のイラストを使わせてほしいという依頼だった。それで私は、はまじに電話をかけてみた。はまじと喋《しゃべ》るのは20年ぶりだ。電話にでたはまじは非常に驚き、「おまえ本当にさくらももこかァ〜っ!?」と30回以上言い、モーレツに興奮しながらベラベラと近況と昔話を語り始め、その会話は約80分にも及んだ。私は、はまじが元気でよかったと心の底から思った。はまじが、こうして実在《じつざい》することと自体、なんか不思議な気すらしたよ。

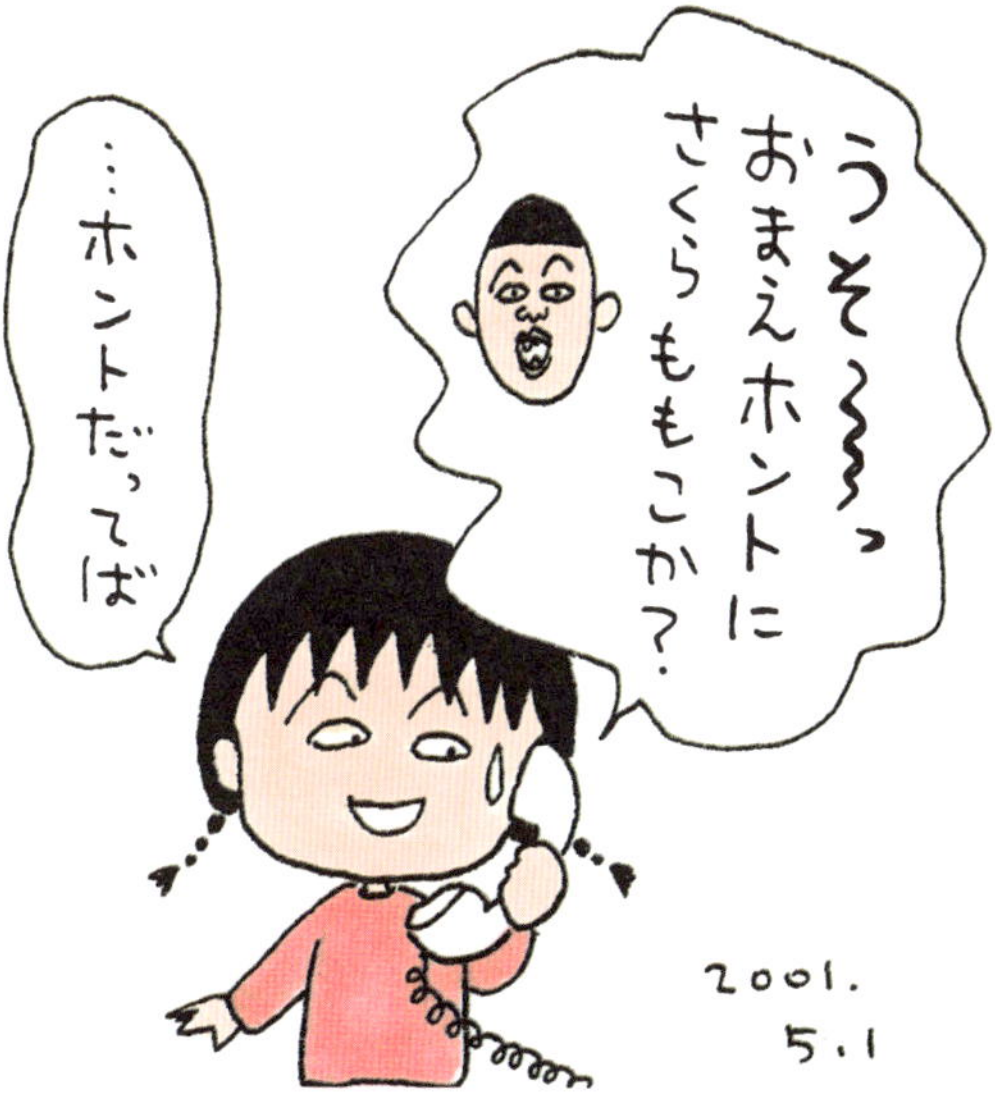
うそ〜っ おまえホントに さくらももこか?
…ホントだってば
2001.
5.1

2001.5.1

今回は、ヒロシの失言《しつげん》を2点。まず1個めは、TVアニメの『こち亀《かめ》』が始まろうとしていた時、息子にむかって「おい、デバ亀が始まるぞ」と大声で叫んだ。私が「ちがうよ」と言うと、ヒロシは「えっ、じゃあ何亀だっけ?」とき返してきた。何亀って、別に亀の種類じゃないんだけど、と思いながら正解を教えてやった。

そのヒロシが食事中の息子に「おい、しっかり御飯を食べないと、あの子に負けちゃうぞ。ホラ、同じクラスにいるだろ、あの子、なんてぇ名前だっけ、あの女」と言った。

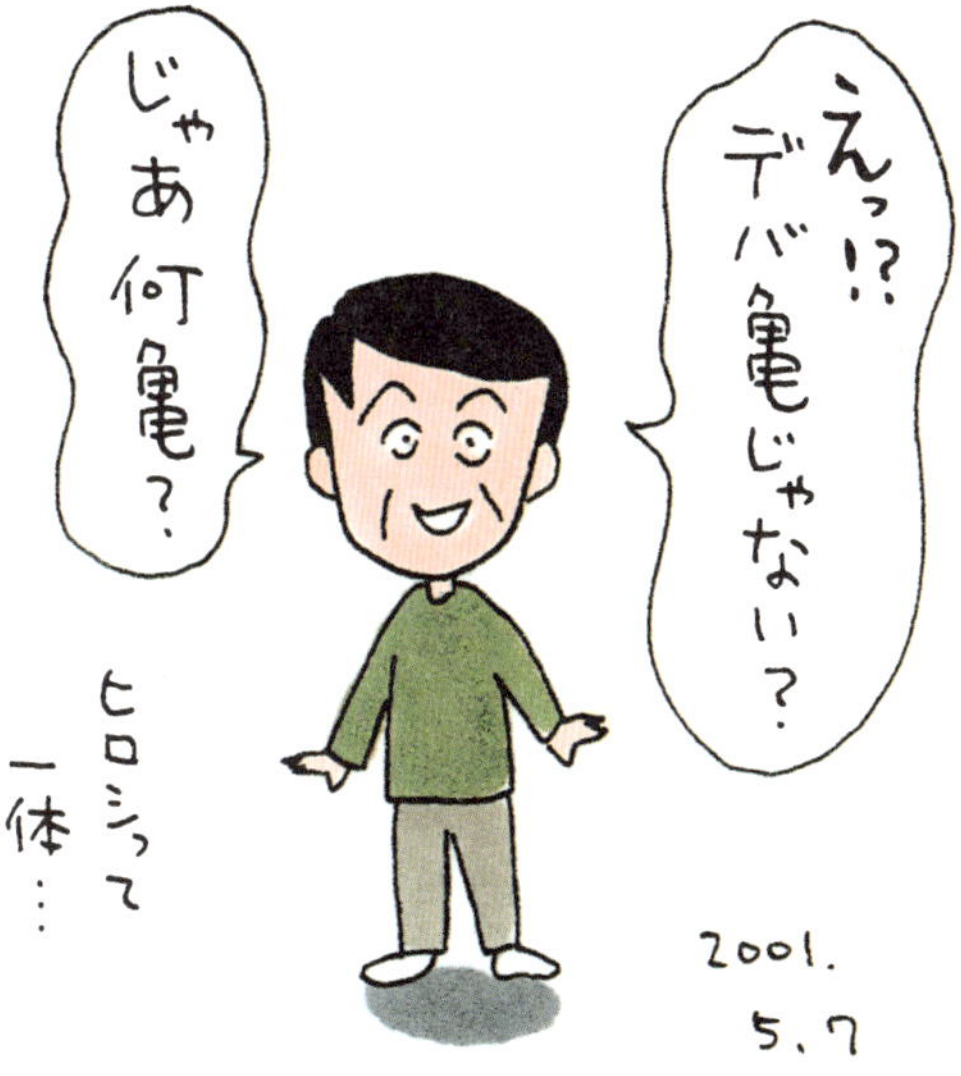
えっ!?デバ亀じゃない?
じゃあ何亀?
ヒロシって一体…
2001.5.7

2001.5.7

このまえミルコと一緒に大月市に行き、けっこう歩いてみたのだが、爆笑の会を歓迎してくれている目印をはっている家は一軒も見つからなかった。ちょっとがっかりしたが、もともと見つかるわけないと思っていたので予感が当たったということだ。でも、大月市は山や川がありとても美しい町で、温泉も気持ちよかったし、楽しかったよ。次はどこの町に行こうかと、ただ今ミルコと考え中なので、また決まったら報告します。

2001.5.14

息子が一年生になり、ひとりで学校に行くのが心配だったので、私と母が交替で毎日送り迎えに行っていた。それがある日、息子から「もうオレと一緒に学校に来る時についてきたり、帰る時に待ってたりするのはやめてくれ。オレはひとりで行きたいし帰りたい」とキッパリ言われた。親や婆《ばあ》さんがついてきているのはうちだけだったので、息子に言われて私も母もハッとし、ついてゆくのをやめることにした。そしたら息子はちょっと私に気を遣い、「……おばあちゃんは来なくていいけどおかあさんは時々なら来ていいよ」と言った。時々なら来ていいって言われても、私としても何て言っていいか。

2001.5.21

取材でタスマニアに行ってきた。タスマニアというのは、オーストラリアの右下のほうにある小さい島だ。私が「タスマニアに行く」と何回も言っているのに、親も友人もみんな「またスリランカに行くのか」とか「マダガスカルに行くのか」とか、一番まともな間違いでも「ニュージーランドに行くんだってね」などと、誰も正確に把握《はあく》していなかった。こうして帰ってきてもまだ、結局私がタスマニアに行ってきたと正確にわかっている知人は少ないような気がする。

2001.5.24

息子が「ママさ、オレが赤ちゃんの時からオレの名前呼んでたんだろ」と言うので「そうだよ。赤ちゃんの頃から呼んでたよ」と言うと、「オレの名前をよく知ってたね」と言った。なので私は「生まれたばっかりの時はまだ名前がついてなかったんだよ」と言うと息子はビックリして「じゃあ、何て呼んでたの」ときくので「赤ちゃんって呼んでたんだよ」と答えると、「赤ちゃんだってー」と言ってゲラゲラ笑った。だって赤ちゃんだったんだから、そう呼ぶしかねぇじゃんかと私は思いながら爆笑する息子を見ていた。

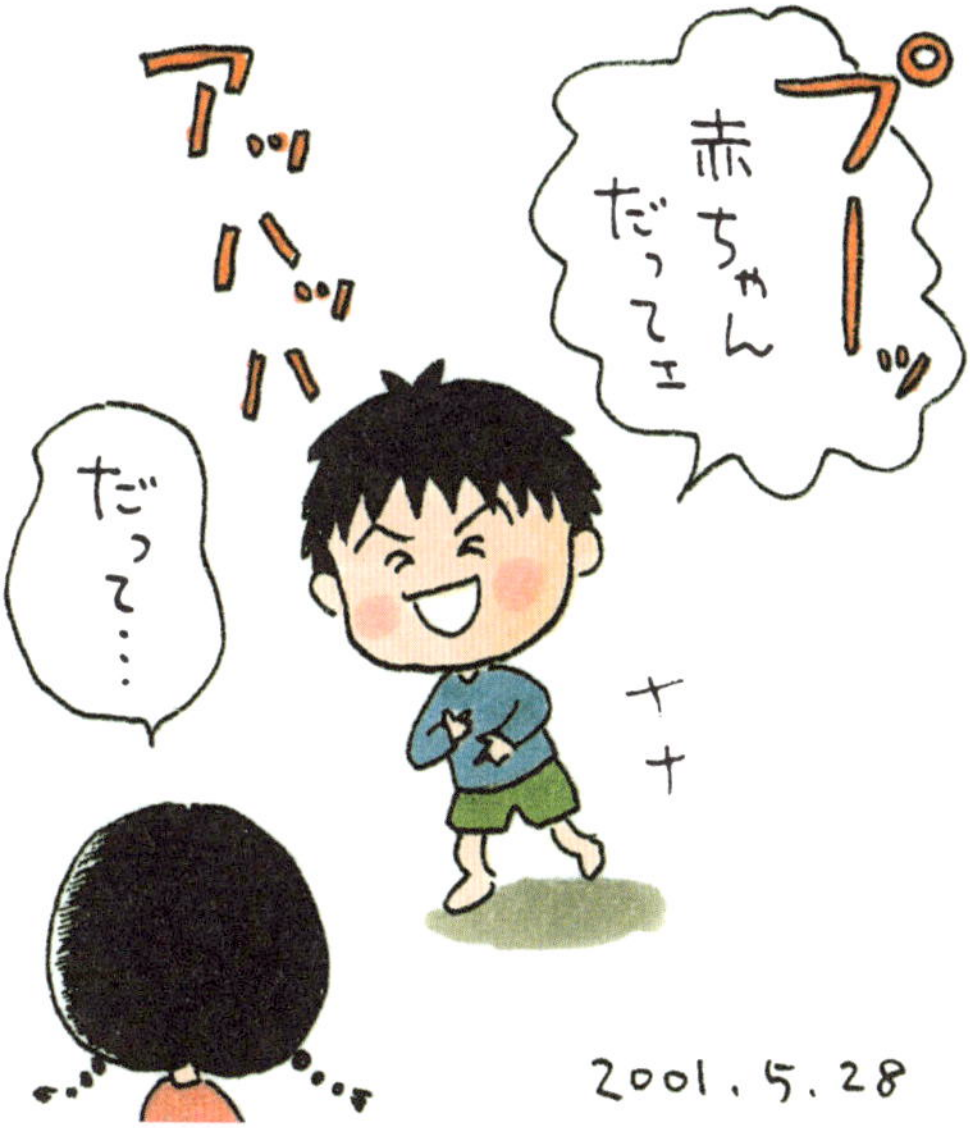
プーッ
赤ちゃんだってェ
アッハッハ
ケケ
だって…
2001.5.28

2001.5.28

夏

ヒロシが呆然《ぼうぜん》とたたずんでいる姿が、リビングの片隅《かたすみ》に見えた。ふと見ると、母がプンプンに怒っている顔も見えた。「どうしたの」と私が尋《たず》ねると、母が「おとうさんが、時計の電池を入れかえようとして、時計をこわしたんだよ」と言ったので、ヒロシの方をチラリと見てみると、本当に時計がこわれた状態でそこに置いてあった。母は「電池の交換をするっていうだけで、一体どうすりゃ時計がこわれるんだかわかりゃしないよ」と嘆《なげ》いた。そのこわれた時計は私が買ったちょいとイイやつだったので、私だって「ああ……」と嘆きたかったが、これ以上嘆く人が増えても呆然とするヒロシには何もできまいと思ってこらえた。何もできないヒロシは、そのこわれた時計をそのまま壁に掛け、「……一応、こうしておくぞ」と言ってイスに座って野球を見始めた。なので、うちには今、使いものにならない時計が壁に掛かっているという、とんでもない状況だ。

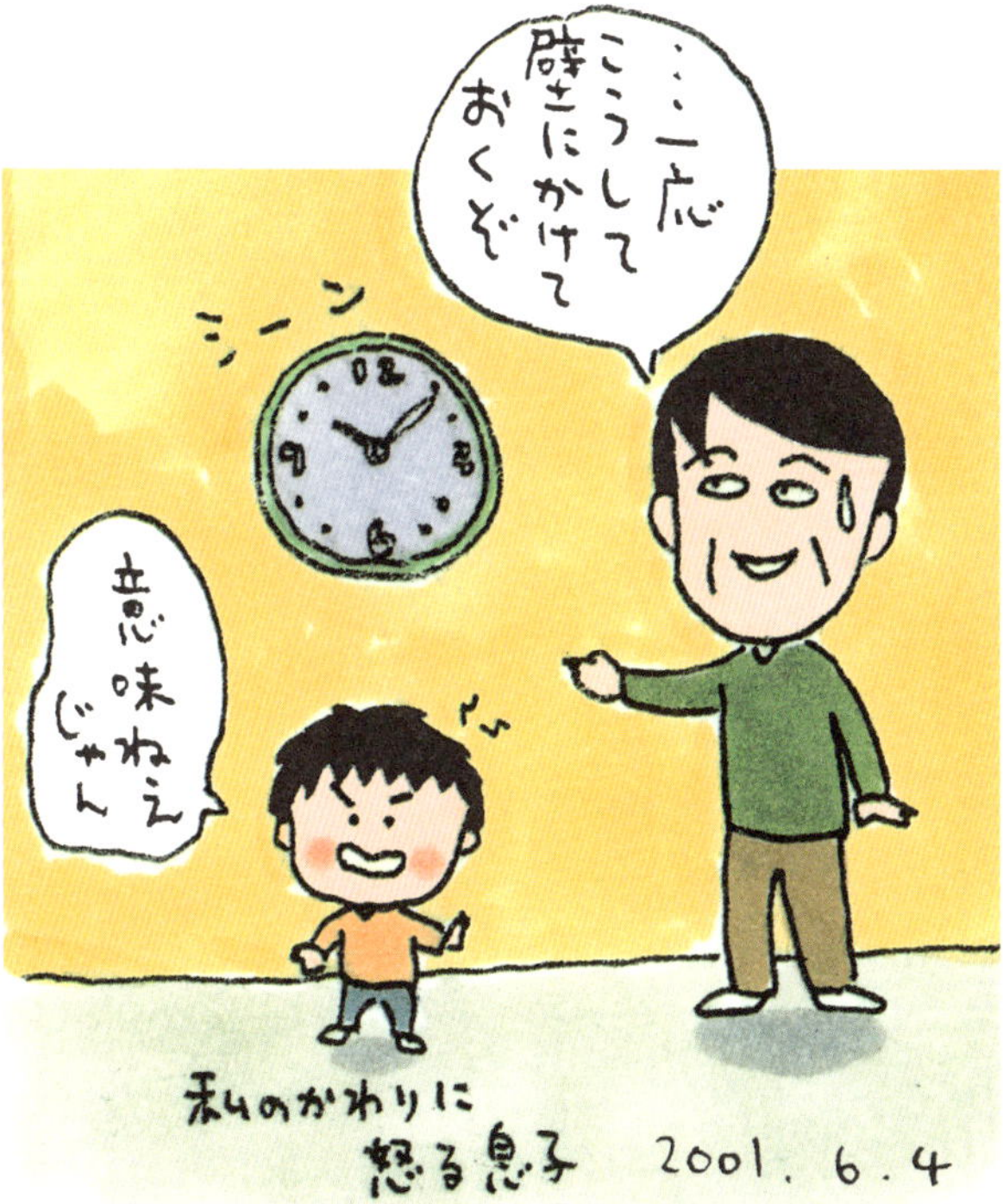
…一応 こうして 壁にかけて おくぞ
シーン
意味ねえ じゃん
私のかわりに 怒る息子 2001.6.4

2001.6.4

このまえ、息子の小学校の運動会だったので見に行った。毎年、息子の運動会にはうちのスタッフの本間さん夫婦が見に来てくれて、写真を撮ってくれたりビデオ撮影してくれたり、いろいろ世話をやいてくれるのだが、今年もまた、本間さん夫婦は来てくれた。

本間さんのダンナさんは私達のために携帯用のイスと大きなパラソルまで用意してくれて、運動場の片隅にそれを設置《せっち》した。それほど大がかりな手間をかけて運動会を見学している人達など他に誰もいなかったので、我々は完全にういた存在となった。

6月の陽射《ひざ》しは強く、気温30度を超《こ》え、私は息子の走る姿を見る気力も無く、ただパラソルの下で約7時間、じっ

2001.6.12

としながら汗がダラダラ出るのを感じつつ軽く居眠りをしたりしていた。一体、何でこんな辛い目にあっているんだろうという思いもよぎったが、よその家の子供のためにつきあってくれている本間さん夫婦などは、私よりももっと一体何でこんな目にあっているのか、ますますわからないだろうと思い、申し訳ない気持ちでいっぱいになった。

こんな辛い目にあいながら一応最後まで運動会を見ていたが、息子の白組は負けた。赤組の「バンザーイ」という勝利の声がひびく中、私は自分の腕が半そで以下、中途ハンパに焼けていることに気づき、ハッとしたが、もうどうしようもなかった。

2001.6.12

息子の参観会だったので小学校に行った。教室の後ろの壁に、写生大会の時に描いた絵がはられていたので見たのだが、他の子供達の描いた絵はちゃんと公園らしい景色が描かれていたのに、息子の絵は木が一本とうずまき模様《もよう》みたいなものが描かれていたので私はしばらく黙ってそれが何か考えていた。

すると息子がやってきて「オレ、くもの巣を描いたんだ」と言った。わざわざ写生大会のために遠くまで行ってそんなものを描いてきたなんて、面白いじゃないかと思い私は笑った。そして「面白いね」と言ってやると、息子は得意になって「面白いだろ」と言って笑った。

2001.6.19

いっこく堂さんと一緒に〝高田文夫のラジオビバリー昼ズ〟というラジオ番組に出演した。高田文夫さんと清水ミチコさんが司会だったので、とても楽しかった。ところで、なんで私といっこく堂さんが一緒に出演したのかというと、いっこく堂さんの今年の全国ライブの腹話術《ふくわじゅつ》の脚本を、私が1本だけ書かせていただいたので、それの告知《こくち》も兼ねて一緒に出たのであった。いっこく堂さんは、ラジオでも腹話術をやっていたが、アレはやっぱりTVかライブで観るほうが絶対にいいよなーと、あたりまえな感想を抱いた。みなさんも、ぜひいっこく堂さんのライブを観に行って下さい。

いっこく堂さんの芸はラジオよりもテレビか生でみた方がいいな
ヒロシも同じ感想。
うん。腹話術だからね…
2001. 6. 26

2001.6.26

今年は、サクランボをずいぶんいっぱい食べた。近所のスーパーや果物屋《くだもの》をまわり、いろんな産地のサクランボを食べてみたり、思い切って贈答《ぞうとう》用の高い箱に入ってるサクランボを買ってみたりして、例年の3倍以上は食べた気がする。そのせいでうっかりライチを食べ忘れ、今年はまだライチを一回も食べていない。ライチのことは忘れたまま、次は梨《なし》かスイカにいきそうなかんじだ。

2001.7.2

ヒロシが、家から少し遠くのタバコ屋にタバコを買いに行ったら、そこで店番をしていた婆さんに「あんた、この辺に住んでいるのかい?」と話しかけられ、それから30分以上も婆さんの話をきかされたそうだ。話の内容は、安いギョウザの店とかソバ屋の話から、婆さんの身の上話まで、かなり盛沢山《もりだくさん》だったようだが、それをきいていたヒロシの返答は「ああそうですか」を何回か繰り返しただけだったらしく、こんなヒロシを相手に30分以上も話を続けた婆さんて、なかなかやるなと思った次第《しだい》だ。

2001.7.10

自宅に友人が遊びに来た時、庭からフジが逃げ出してしまった。フジはものすごい勢いで走り去り、ヒロシと友人と息子が次々とフジの後を追って走って行った。皆、「フジー」と叫びながら走って行ったが、フジはこちらの呼びかけにも振り向かず、目的もないままどこかに向かって一直線に走っていた。逃げた犬をヒロシや友人や息子が叫びながら追いかけてゆく光景は、まるでサザエさんか何かの漫画の一コマを見ているような気になったが、ふと、うちだってちびまる子ンちだから漫画じゃん……と思い出して脱力した。その後、まもなくフジは無事にヒロシに捕《とら》えられ、わざわざ訪れてきた友人は汗だくになりながら「捕《つか》まってよかったね」と言い、フジがヒロシに抱えられて家の中に入ってゆくのをボンヤリ見ていた。

2001.7.16

今週、ファイナルファンタジーのX《テン》が発売されるので、大変楽しみだ。これが原因で睡眠不足、原稿の遅れ、人づきあいが悪くなる、風呂に入るのをやめる日がある等、いろいろな問題も私なりに予想されるが、私にとって、これをやらない事にするほうが一番悪い問題といえるのだ。だから、どんなつまらない問題がいろいろあろうと、そんなの全部なかった事にして、ゲームに没頭する日々に突入する。発売日は19日だから、みんなも一緒にファイナルファンタジーをやろう!! ゲームに疲れたら、桑田さんの「波乗りジョニー」をきいたりしてね。夏は、外出なんてしないで家の中にいるのがいいよ。暑いんだから。

2001.7.18

2001.7.18

徳間書店の単行本の取材で、中国の昆《クン》明《ミン》に行くことになった。昆明とは、雲南《うんなん》省にある町なんですよ。その町の、ずっと奥のほうにある古都、麗江《リージャン》という町をたずねる旅なのです。けっこうハードな旅だと予想されますが、がんばって行ってくるよ。麗江は、すごく美しい町並だというウワサですが、はたしてそれはホントかどうか、また戻ってきたら、ちょっとだけ報告するから待っててね。

2001.7.27

中国に行ってきた。雲南省の山奥に住む、漢方薬の研究をしているおじいさんに会ってきた。詳しくは、徳間書店から出す本の中に記《しる》すので、その本がでた時にはぜひそれを読んでいただきたい。その本も面白いよ、今書いてるんだけど。で、雲南省は天気が悪かったんだけどとても涼しくて過ごしやすく、古い町並が残っていて風情《ふぜい》があってよかったです。プーアール茶が名物なので、お茶をごっそり買いました。年代物のお茶も買ったんだよ。30年以上も前のやつ。ちょっと、カビ臭いかんじの味だけど、せっかく買ったから飲まないとね。体にもいいらしいし。

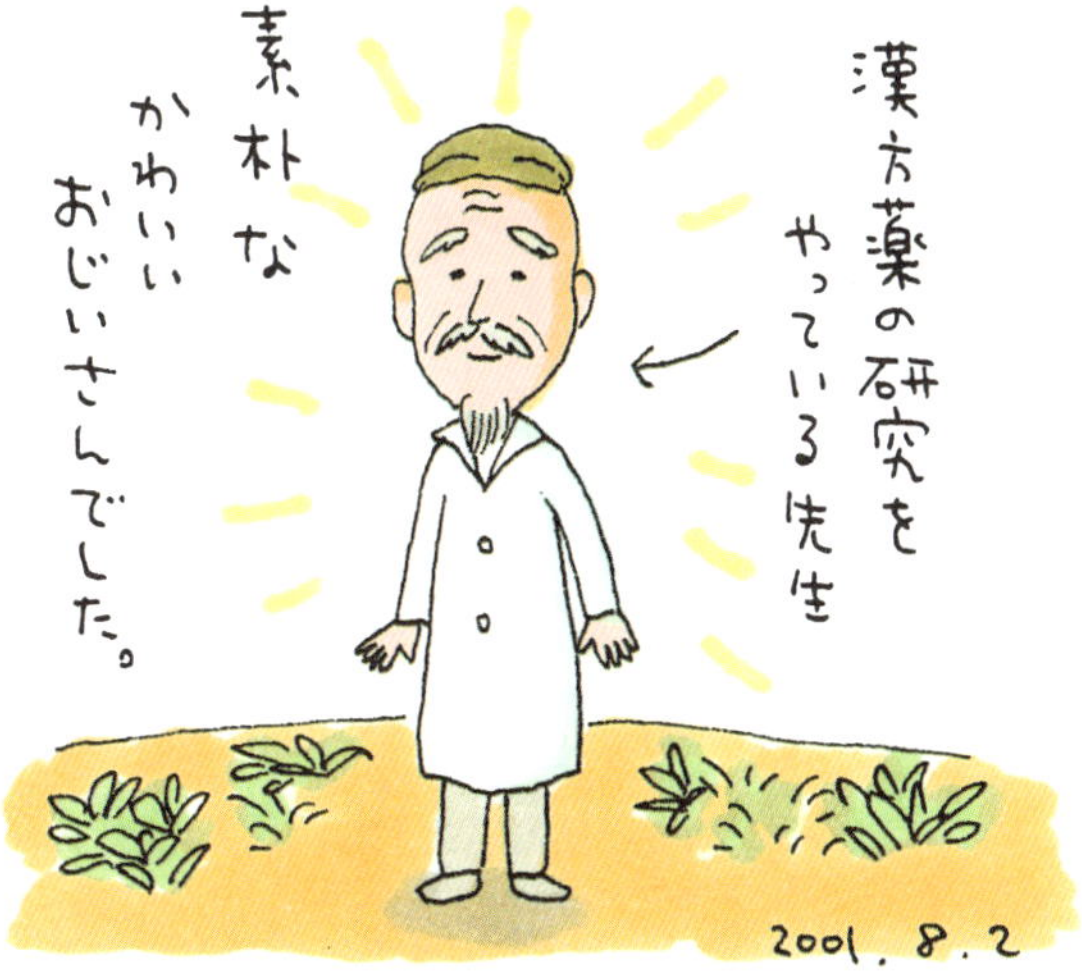
漢方薬の研究をやっている先生
素朴な
かわいい
おじいさんでした。
2001.8.2

2001.8.2

ここ半年ぐらい前から、ポケットボーイというゲーム機の『もぐらたたき』を毎日数回やっている。このゲーム機はキーホルダーになっているような小さい物で、空港や駅の売店で売っている。『もぐらたたき』は息子のお土産《みやげ》に買った物だったのだが、やってみたら意外と面白く、指先の運動にもなるし、集中力、注意力、反射力等をきたえるためにも良いと思い込み、毎日欠かさず寝起きに2〜3回やることにした。寝起き以外にも、仕事のあいまにちょっとやると気分転換になる。非常にシンプルなゲームなので、一回にかかる時間が5分程度と短いため、やりすぎてしまうこともない。（続く）

おかあさん それやってるとき すっごい真剣なカオしてるよ
だって・・・・
真剣にやらなきゃ やる意味ないじゃん
2001.8.9

2001.8.9

私は『もぐらたたき』がずいぶん上手《うま》くなり、もしもこのゲームの世界選手権があったら、けっこう上位にいけるんじゃないかと思うほどだ。このまえ中国に行く時、成田空港でコレが売っていたので2個購入した。今使っている物が壊れてしまったら、もうやれないと悲しいのでスペアを欲しいと思っていたところだったのだ。スペアを用意するほど、このゲームが好きだという人をきいたことがない。それどころかこのゲームを持っている人の話も一度もきいたことがない。ちょっと、私って一体っていうかんじ……。

うちにひとつあるのに、また2個も買ったの!? なんでて.
だってこわれたらイヤだから……
ばかだねっ ももこはっ
ころころ
2001.8.13

2001.8.13

『りぼん』のお正月号（1月号）で、ちびまる子ちゃんを描くことになったので、今それを描いている。また、徳間書店の書きおろし単行本の原稿と、集英社の対談本の原稿も並行してすすめているのでけっこう忙しい。忙しいけど息子は夏休みなので、たまにはどこかに連れてってあげたりしなくてはならないので大変だ。そんなわけで、ちょっと仙台とか那須《なす》方面に息子とふたりで行ってくる。息子は大喜びでゲーム機と水着を持って行くと言っているが、あたしゃ一応原稿用紙を持ってくよ。息子が寝たら、夜中にちょっと書こうと思ってるんだけど、疲れて寝ちゃうかもね。

仙台のホテルのプールにて。
利用者は私と息子だけ。
さむいね さむいねっ
うん…
さむいし だれもいないね。もう出ようか…
シーーーン
2001.8.17

2001.8.17

息子と、仙台と那須塩原に旅行して帰ってきた。息子は、刺身《さしみ》や湯葉《ゆば》などの和食のおいしさをまだ全くわかっておらず、決してスシなどを食べないので、せっかく仙台に行ったのにスシ屋にも懐石《かいせき》料理屋にも行けず、ホテル内だけで地味に過ごした。これじゃ、わざわざ仙台に来なくても、都内のホテルで済んだのになァ……と思い、スシ屋に行けない無念《むねん》を嘆きつつ寝不足の夜が明けた。と、嘆きながらも私は駅の構内の定食屋で、牛タン定食と生ウニを食べ、息子は天ぷらソバを食べた。

仙台の駅でただなんとなく入っただけの定食屋だったのに、牛タンも生ウニもとてもおいしかった。息子の天ぷらソバも、立派なエビが3匹《びき》も入っていてすばらしかった。

2001.8.23

これだから仙台はみんなが「良い所だ」と口を揃えて言うし、私も「良い所だよ」とみんなに言うのだ。仙台の食べ物屋に、片っぱしから入って食べてみたい。また今度は、ゆっくり来よう。

仙台の食べ物屋に未練たらたら残しつつ、私と息子は那須塩原に向かった。今度は那須高原の温泉旅館に泊まるのだ。息子は温泉旅館より、他の楽しい施設のほうが良かっただろうが、この際私の好みにあわせてもらう。夏休みにママと遠い所に新幹線で行ったという思い出ができる以上の事は望まないでもらいたい。

2001.8.23

那須の温泉旅館では、部屋に露天《ろてん》風呂が付いていたので息子と私は早速風呂に入り、ダラダラと過ごした。夕飯を食べ、TVを見たり、マッサージをしてもらったりして、夜10時には寝た。翌朝、「おかあさんっ、もう朝の9時10分だよっ」という息子の声でハッとして目覚めた。11時間も眠ってしまったとは、あやうく朝食を逃《のが》すところであった。

あわてて朝食を食べに行き、大急ぎで荷物をまとめて旅館を出た。あんなに寝たのに私は新幹線の中でも眠ってしまい、息子に「もう上野だよ。あと5分で東京に着くよ」と言われてハッとして目が覚めた。今回の旅は、非常によく眠れた事と、息子が意外としっかり者に成長しつつある事が判明した点が良かったといえる。

2001.8.24

秋

このまえ、集英社の横山さんがとてもオシャレに包んだ箱を持ってきてくれた。その中には、見るからにおいしそうな桃がギッシリ入っていたので私は早速食べてみたのだが、これが見た目より更に、もう想像を絶するおいしさだった。まるでシロップ漬けの桃かと思う程甘く、もったいなくてついつい種までしゃぶってしまった。今までの人生でたくさんの桃を食べてきたが、こんなにおいしいのは初めてだった。くれた横山さんも、まさかこんなにおいしいと喜んで食べたなんて思っていないかもしれない。全《すべ》ての桃を何日間かにわたり食べつくした後は、なんかいい夢みたような気持ちになった。横山さん、ありがとう。そしてこの桃を育てた人よ、また来年もがんばっておくれ。

2001.9.3

今年の初夏に金魚がたくさん卵を産み、金魚の赤ちゃんが次々とかえって、ピーク時には100匹《びき》を超えるほど赤ちゃんが泳いでいたのだが、夏が過ぎて秋になったらたったの4匹《ひき》になっていた。一応、ヒロシが金魚の世話をしているのだが、ヒロシの意見としては「まァ、4匹も残りゃ上等だろ。だいたいなァ、魚なんて、やたらとたくさん卵を産んでも、みんな他の魚に食われちまったりして、せいぜい1匹か2匹しか大きくならねぇんだから。サケとかもさ」と語っていた。

うちの場合、他の魚に食われたりする危険もなかったはずなのに、たったの4匹しか残らなかったのはヒロシの世話に問題があるとしか思えない。サケじゃあるまいし、ペットの金魚なんだから。でも、わたしゃヒロシを責めたりしないよ。金魚の卵の生存率《せいぞんりつ》のことぐらいいじゃあさ。

2001.9.10

町内の秋祭りに、息子と息子の友達ふたりを連れて行った。息子達は走り回り、ヨーヨーつりや福引きを次々とやり、金魚すくいは私もやることにした。

私は7匹とったので気が済んだが、息子達はまだまだ何回もやりたいと言い、それぞれ3〜4回ずつやった。金魚すくい屋のおじさんは気前が良く、とれた金魚を全部くれたので、ものすごい数の金魚を持って帰ることになった。合計でおよそ40匹以上はいる。

　息子の友達は自分の家には持ち帰らなかったので、40数匹全部をうちで飼う事になった。

　一応、うちではヒロシが金魚の世話係という事になっているので、またヒロシの仕事が増えた。役に立たないとみんなに言われているわりには、金魚・犬・植物等の世話をしているんだから、けっこう役に立っている。

しかし、ヒロシの世話は母がしているので、その辺の事情で「役に立たない」と言われがちなのだろう。

2001.9.17

息子が任天堂のゲームキューブを欲しがったので買ってやることにした。『ルイージマンション』というソフトも一緒に買った。ルイージというのは、マリオの弟で今回のゲームの主人公だ。ルイージの武器はそうじ機だけで、このそうじ機でオバケを次々と吸い込んでゆくというゲームなのだが、これがなかなか難しい。どんなに強い敵でもそうじ機で戦わなければならないし、ルイージは臆病《おくびょう》なのでオバケが出ると一瞬あわてるし、オバケの方も逃げようとしてあわてるし、やってるこっちもオバケが出るとドキッとしてあわてるし、そばで見ている人もつられてあわててワーワー叫ぶし、もうみんなあわてて大騒ぎになるのだ。

それが面白くて、息子も私も息子の友人達もこればっかりやっている。これ以上わざわざ大騒ぎする必要がないくらい毎日騒がしいのに、オバケも加わってどうしましょうというかんじだ。

2001.9.27

二〇〇一年もいろいろあったね
大変な事件も多かったけど、みんな、元気出して!!

❀ももこの 2000年9月から2001年9月までのいろんな出来事

2000年 9月	・『富士山』の取材で鈴木光司さんのクルーザーにのせてもらう。 ・取材で仙台に初めて行き、スシのおいしさに感動!!
10月	・息子と熱海の温泉に行き、ゲーム場でゲームにつきあわされる。 ・取材で四国のしまなみ街道を自転車で走る。ヒロシも同行。 ・中国の広州に行く。市場でいろんな食材を見て、ショックをうける。 ・ホンコンに、カニをたべに行く。取材だけどたのしかった。
11月	・アメリカに、サバイバル・スクールの取材をしに行く。もうへとへと。 ・兼高かおるさんにインタビューさせていただく。 ・ビートたけしさんと長嶋監督の対談を見学。 
12月	・土屋先生との初対談。 ・クリスマス会や忘年会などで、外食することが多い。
2001年 1月	・気分の良い年明けをむかえる。
2月	・京都にフグを食べに行く。 ・友人に会う予定が多い。ミルコとホンコン1泊旅行にも行った。すごいハード。
3月	・インドのジャイプールに取材旅行。珍しい体験をいっぱいする。 ・息子、保育園の卒園式。
4月	・息子、小学校の入学式。感動して泣いてしまった。 ・うちで花見大会をやる。窓から近所の桜の花を見ながら酒をのむという集まり。 ・ミルコと爆笑の会の旅で大月市に行く。 ・京都にあそびに行く。
5月	・私の誕生日がきて36才になった。 ・タスマニアに取材旅行にいく。 ・水上温泉に行く。 
6月	・息子のうんどう会をみにいく。暑かった。 ・ツチヤ先生の対談本の編集をやっている。思ったより大変な仕事だった。
7月	・友人、スタッフ、息子と共に箱根の温泉に行く。 ・中国の、雲南省の山奥に取材に行く。中国茶をいっぱい買う。
8月	・息子とふたりで東北旅行へいく。 ・岩下志麻さんに会う。馬場さんの家に来るというので、お願いして会わせてもらった。 ・母、水不足を心配してポリタンクを買うが、数日後、台風がきたのでムダになった。
9月	・ニューヨークの事件以来、テレビをよくみるようになった。 ・ゲームキューブのルイージマンションを息子と一緒にやっている。 ・近所の商店街の秋祭りに行き、金魚すくいをやりまくる。 ・仕事もけっこう忙しくなり、なんかバタバタした日々になっている。
おまけ ヒロシの出来事 	2001年 4月・フジを抱き上げた時、誤って下におとし、フジの足を骨折させ、家族から非難される。 6月・岡本ファミリーの食事のさそいに大喜びで参加し、酒を飲んで調子にのる。 ・息子に「おじいちゃんもゲームをやれ」と命令され、ファミコンを練習する。 7月・ファミコンがけっこう上手くなり、自主的にやるようになった。

あとがき

このたびは『ももこの21世紀日記』をお読みいただきまして、ありがとうございました。

毎日、いろんな事が起こりますね。家の中にいても、家族が顔を合わせるだけで何か面白いことが起こったり、花が咲いただけでうれしかったり、友達が来たり、虹を見たり、御飯がおいしかったり。

世界とか政治が激動していても、人間の幸せの根本は日常生活の中にあると思います。

小さな事でも、うれしいとか楽しいとか面白い、というような事が幸せにつながり、世界は本当にそういうみんなの幸せを感じる気持ちに支えられて動いているのだと私は思っています。

これからも、日常のシンプルな幸せを日記に書いてゆきたいと思っています。またつぎの日記も、よろしくお願いします。

みなさんも、どうかお元気で幸せな毎日を送って下さいね!!

さくら　ももこ

また毎日がんばろうね!!
たのしく明るくすこやかに!!

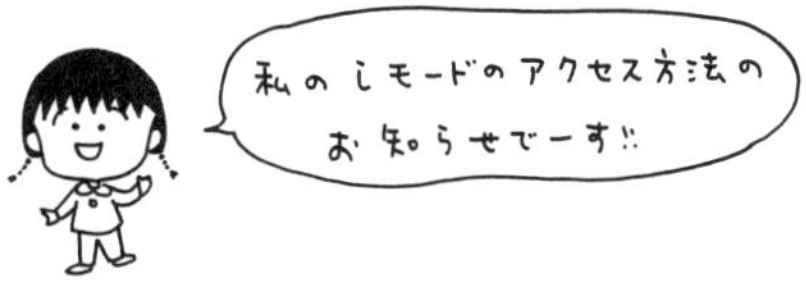
私の iモードのアクセス方法の
お知らせでーす!!

アクセス方法は2種類あり。どっちの方法でも可能です。

① iMenu→メニューリスト→待受画面→キャラクター→@さくらももこ

② iMenu→メニューリスト→50音別→あ行1(あ)→@さくらももこ

「@さくらももこ」は月額200円です。(通信料は別途)

✿「@さくらももこ」では、この本の日記の文章部分がタイムリーで読めます。

✿たのしい待受画面や遊びやお知らせ等を見ることができます。

✿プレゼント企画や通販グッズ等もあります。

✿また、「爆笑の会を歓迎してくれている人」を探す、私とミルコの旅行のお知らせもiモードでする予定です。

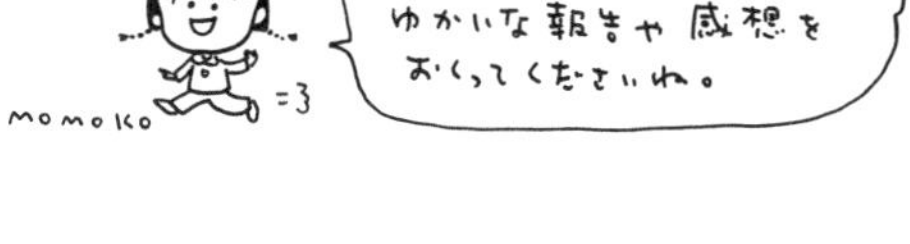
みなさんも、たのしいアイデアや
ゆかいな報告や感想を
おくってくださいね。
MOMOKO
=3

この作品はNTT DoCoMo・iモードのサイト「@さくらももこ」に掲載された
「ももこの近況」(2000年10月~2001年9月末)に加筆、訂正したものです。
イラストは、すべて描き下ろしです。

ももこの21世紀日記　N'01

2002年2月10日　第1刷発行

著　者　さくらももこ
発行者　見城 徹
発行所　株式会社 幻冬舎
〒151-0051東京都渋谷区千駄ヶ谷4-9-7
電話　03(5411)6211(編集)
　　　03(5411)6222(営業)
振替　00120-8-767643
印刷・
製本所　中央精版印刷株式会社

ISBN4-344-00153-2 C0095 Printed in Japan.

幻冬舎 ホームページアドレス http://www.gentosha.co.jp/
…………………この本に関するご意見・ご感想をメールでお寄せいただく場合は、
comment@gentosha.co.jpまで。

GENTOSHA